Stefan Loß (Hrsg.)

WEIHNACHTS *Fest* GESCHICHTEN

BRUNNEN
Verlag GmbH · Giessen

FSC
www.fsc.org
MIX
Papier | Fördert gute Waldnutzung
FSC® C083411

Gottlieb-Daimler-Str. 22, 35398 Gießen
www.brunnen-verlag.de
info@brunnen-verlag.de

Lektorat: Stefan Loß
Umschlagmotiv: Honyojima/Adobe Stock
Umschlaggestaltung: Daniela Sprenger
Satz: Brunnen Verlag GmbH
Druck: CPI books GmbH, Leck
Gedruckt in Deutschland
ISBN 978-3-7655-4264-0

Für

Von

Inhalt

Rebecca Dernelle-Fischer

Die wundersame Zugfahrt

„*Was für ein Fest!* Jedes Jahr wird es zum Drama!" Amelie seufzt, als sie im Zug Platz nimmt. Wie schön: Das Abteil ist leer. Das ist perfekt, um endlich zur Ruhe zu kommen. Sie ist müde von diesen anstrengenden paar Tagen mit ihrer Familie. Aber es ist nicht nur die Müdigkeit, die sie plagt. Ihr Herz fühlt sich wund an, traurig, zerrissen. Weihnachten mit der Familie! Das sollte doch eigentlich ganz anders sein, oder? Wie ein verletztes Tier kauert sich Amelie zusammen. Sie möchte nur ein bisschen Wärme, ein bisschen Licht in ihren dunklen Gedanken spüren: gesehen werden, wertgeschätzt ... trotz allem – ist das zu viel verlangt? Wieso tun diese Treffen immer so weh? Dieses Fest macht es nur noch deutlicher: „Es gibt keinen Platz für mich!" Ja, Amelie war immer irgendwie „anders" gewesen. Nie tat sie das Richtige. Nie sah sie gut genug aus. Nie konnte sie die Erwartungen erfüllen, die auf ihr lagen. Wie hatte sie hoffen können, dass es dieses Jahr anders sein würde?

„Gibt es irgendwo einen Platz für mich? Jemanden,

der mich sieht, mich wertschätzt? Der mit mir lacht, mir Mut macht, mich trägt und tröstet? Licht und Liebe? Oder soll es immer so dunkel bleiben?"

Amelie gähnt. Sie ist so müde. Sie weint sich in den Schlaf. Als sie wieder die Augen aufmacht, schaut sie direkt in die sanften Augen einer Frau. Amelie lächelt. Die Frau sieht aus wie ihre Lieblings-Grundschullehrerin. Frau Held hatte immer Zeit für sie gehabt und ein offenes Ohr für Amelies Probleme. In Frau Helds Klasse hatte sich Amelie nie übersehen gefühlt. Das war so schön. Die Frau im Zug malt auf einem Zeichenblock. Es entsteht ein dunkler Himmel, ein ferner Hügel mit einem kleinen Stall. Mit ihrem nassen Pinsel verteilt sie aufmerksam das Preußischblau auf ihrem Aquarellpapier. Sie macht eine Pause, schaut Amelie an und sagt mitfühlend: „O Mädchen, so traurig? Weihnachten ist nicht immer einfach, stimmt's?" Amelie nickt. Sie kämpft wieder mit den Tränen und denkt für sich: „Es kann schon ziemlich dunkel sein, dunkel wie ein sternenloser Himmel."

Der Zug fährt immer weiter. Die Räder singen bei ihrem Lauf. Das Leben nimmt seine Bahn. Es geht weiter. Amelie lässt sich durch die regelmäßige Bewegung in den Schlaf wiegen. Sie gähnt, müde und traurig, und eine dicke Träne kullert ihre Wange herunter. Ein Ruf weckt sie plötzlich. „Papa, der Tunnel! Ich sehe nichts, es ist so dunkel. Wo bist du?" Amelie hört gespannt zu. Sie erwartet das bekannte „Stell dich nicht so an!", wie ihr Vater es sagen würde. Aber eine tiefe, liebevolle Stimme füllt das Abteil. „Komm mal her, Kleines! Ich bin da." Amelie kann sehen, wie sich das Kind fest an seinen Vater klammert. Diese Umarmung ist so vertraut, so innig, so warmherzig, dass Amelies Herz einen Satz macht. Sie kann diese Wärme fast selbst spüren. Der Vater flüstert: „Es wird nicht immer dunkel sein!“ Und es ist, als ob die Räder des Zuges mit ihm singen würden.

Amelie kann ihre Augen kaum noch offen halten. Sie gähnt wieder und diesmal kullert eine einzelne Träne über ihr Gesicht. Als sie später die Augen aufmacht, hört sie ein kristallklares Lachen. Ein kleines Mädchen hat gerade seine Mütze vom Kopf gezogen. Ihre Haare sind so durcheinander, dass sie wie ein zerstreuter Professor aussieht. Eine Mischung aus wilden Haaren und Knoten. Ach, das kennt Amelie viel zu gut. Ihre Haarmähne hatte genau dasselbe gemacht, wenn sie ihre Lieblingsmütze aus Fleece trug. Es war immer eine Katastrophe. Damals hatte niemand darüber gelacht. Ihre Mutter hatte nur geschimpft und ihr unsanft die Haare gekämmt. Amelie fürchtet, dass es ja hier genauso wird. Ein gnadenloser Kampf zwischen einer Haarbürste und einem heulenden Kind. Sie schaut lieber weg. Aber es kommt ganz anders. Nein, es gibt kein Geschrei, keine bösen Bemerkungen, nur ein rhythmisches, ansteckendes Lachen, das sich verbreitet. „Du hast ja deinen Rekord gebrochen, Fee! Das sind definitiv die fettesten Knoten, die es jemals gab!“ Ihre Mutter geht mit Liebe und Geduld daran, die wilde Mähne zu bändigen. „Komm, mein Schatz, gib mir bitte deine Bürste! Wir haben Zeit. Du darfst mir was vorlesen und ich kann ganz langsam deine Haare entwirren. Keine Sorgen, im Nu wirst du wieder bezaubernd aussehen.“ Amelie hört die Worte. Sie fühlen sich ganz besonders an, wie Balsam auf ihr Herz. Ein Sonnenschein an einem dunklen Himmel voller Wolken.

Und der Zug singt sein Lied weiter: „Es wird nicht immer dunkel sein." Amelies Müdigkeit lässt langsam nach. Sie schließt noch einmal kurz die Augen und lächelt, als sie eine süße Stimme flüstern hört. „Felix, Felix, hast du meine Überraschung für Oma gesehen? Schau mal. Aber verrat es nicht, ja? Es ist ein Geheimnis! Ist grade fertig geworden! Ich habe alles selbst gemacht. Das sind wir und hier Filou Miezekatze und hier Omas Strickzeug und ihr Haus dort. Toll, oder?"

Amelie wirft diskret einen Blick auf das hochgepriesene Kunstwerk. Sie kann sich ein Lachen nicht verkneifen. „Das ist ja einmalig", denkt sie kurz. Felix überlegt gut, was er jetzt sagt. Das Ganze ist merkwürdig gebaut, alles ist ein bisschen schief und wackelig. „Ach, Klara", sagt er dann langsam. „Oh nein, das wird ein Verriss!", denkt Amelie stirnrunzelnd. So eine Chance hätten ihre Brüder nicht verpasst. „Ach, Amelie, du und deine Ideen! Das ist nur gut für den Papierkorb." Dann hätten sie ihr sicher ihre eigenen Bilder gezeigt. „Schau genau hin: Das ist viel besser! Darauf kann unsere Oma stolz sein! Auf mich ist sie ja immer stolz!" Amelie spürt fast, wie die Panik von damals wieder aufsteigt. Sie braucht Luft, frische Luft!

Als sie aufsteht, hört sie Felix sagen: „Ach Klara, wie cool! Lass mich das mal genau anschauen! Oma trägt ja ihre Brille! Hat die Katze eine Hose an? Wunderbar! Wie hast du das allein geschafft? Du bist ja voll die Künstlerin! Oma wird sich sehr freuen!" Klara kichert und wirkt ganz glücklich und stolz. Felix flüstert noch „Super! Das ist eine großartige Überraschung."

„Wie schön!", denkt sich Amelie. Dieses Lob, diese Aufmerksamkeit, diese Wertschätzung: ehrlich! Amelies Seele sprudelt vor Freude. Die Angst, die vorher da war und sie bedrohte, ist jetzt ganz verschwunden. Als ob diese Worte für sie waren! Als ob dieser liebevolle Bruder das Licht in ihrer eigenen Seele angeknipst hätte. Tut das gut!

Amelie lehnt friedlich ihren Kopf gegen die Fensterscheibe. Sie seufzt, aber diesmal klingt es friedlicher. Ja, es ist Zeit, nach Hause zu gehen. Sie schließt noch mal kurz die Augen, bis eine Stimme zu ihr durchdringt: „Hallo? Hallo! Entschuldigung! Junge Dame, wir sind an der Endstation angekommen. Zeit zum Aussteigen!" Amelie schaut sich verdutzt um. Sie ist die Letzte im Abteil. „Was? Schon?" Verwirrt fragt sie: „Sind die anderen Passagiere schon alle weg? Mensch! Ich habe das gar nicht mitbekommen!" Der Schaffner räuspert sich geniert. Er erklärt kurz: „Andere Passagiere? Bedaure, Sie waren die ganze Zeit allein in diesem Abteil!" Amelie sammelt so schnell wie möglich ihre Sachen ein. Da, vor ihren Augen, auf dem kleinen Tisch, liegt eine Karte. Was? Als Amelie sie betrachtet, erkennt sie sie sofort: das Bild, die sanften Augen der Frau, die es gemalt hat. Aber dieses Bild ist anders: Sterne! Der Himmel ist voller Sterne und auf dem fernen Berg, unter dem hellsten und größten Stern, da leuchtet es im Stall! „Es wird nicht immer dunkel sein", singt Amelie leise vor sich hin, als sie sich auf den Weg nach Hause macht. Was für eine

Zugfahrt! Was für Begegnungen! All das: seltsam, wundersam und heilsam zugleich!

„Er heilt, die zerbrochenen Herzens sind, und verbindet ihre Wunden. Er zählt die Sterne und nennt sie alle mit Namen." Psalm 147,3-4.

Ingrid und Rüdiger Jope

Freundschaftsfrost & Weihnachtswunder

Schneeflocken tanzen durch die Hauptstraße. Vom kleinen Hügel vor dem Rathaus dringt fröhlicher Lärm herüber. Eine Horde Kinder rutscht und tobt ausgelassen in der weißen Pracht. „Für Mitte November eigentlich ein bisschen früh, aber wunderschön anzusehen", lächelt die blonde Bäckereiverkäuferin Thomas an. „Ist das alles?" „Ja!" „Na, dann wünsche ich dir einen entspannten Arbeitstag! Bei dem Wetter könnt ihr ja nicht viel draußen machen, oder?" Thomas zieht die Augen nach oben und stöhnt. „Im Büro wartet ein Berg Rechnungen! Die müssen alle noch vor dem ersten Advent rausgeschickt werden." Surrend schiebt sich die Glastür auf. Schneeflocken prickeln ihm ins Gesicht. Thomas klappt den Kragen seiner Jacke ganz nach oben. Die duftenden Brötchen in der Tüte wärmen seine Hände.

„Jetzt noch eine frisch aufgebrühte Tasse Kaffee, dann lege ich los", sagt sich der junge Gartenbauer. Während der Kaffeeautomat röchelnd das schwarze Getränk ausspuckt, lässt Thomas die vergangenen Jahre Revue passieren: Hochzeit mit Karin. Einstieg in die Selbstständigkeit mit seinem Unternehmen „Garten Eden“, viele Aufträge, die Einstellung und Einarbeitung von sieben Mitarbeitern. Die Geburt seiner Kinder Nele und Clemens, der plötzliche Tod von Schwiegermutter Helga. Thomas atmet tief durch. „Und wir haben es geschafft.“ Mit flauem Gefühl im Magen wendet er sich dem Ablagefach mit den unbearbeiteten Rechnungen zu. Nicht seine Lieblingsarbeit. Er bläst einige Staubflocken weg. „Puh, es wird Zeit, dass ich mir das Geld von den Kunden hole.“ Und macht sich an die Arbeit.

„Thomas, ich habe dir die Eingangspost auf den Schreibtisch gelegt“, ruft ihm Karin fröhlich zu, als er am Freitag vor dem ersten Advent in die Tür tritt. Zwischen Kontoauszügen, Werbung und einer Einladung zum Innungstreffen entdeckt er einen Brief von Klaus, seinem ehemaligen Klassenkameraden und Jugendfreund aus dem Nachbarort. Ihm hatte er einen aufwendigen toskanischen Garten erstellt. Die Arbeit hatte sich unerwartet in die Länge gezogen, das Stellen der Rechnung noch mehr. Mit dem kleinen grünen Brieföffner in Form eines Rechens öffnet er das Kuvert. „Lieber Thomas, gestern erhielt ich deine Rechnung. Leider hast du den Zeitraum der Erstellungspflicht längst überschritten ... Ich werde daher den Betrag nicht mehr begleichen!“ Thomas traut seinen Augen nicht. Seine Hände zittern. Das Gesicht wird heiß. Er lässt sich wie ferngesteuert auf einen Stuhl fallen und weiß nicht, wie ihm geschieht.

Die Orgel spielt. Die Gemeinde in der alten Klosterkirche stimmt in das Adventslied ein: „Macht hoch die

Tür ... Er ist die rechte Freudensonn, bringt mit sich lauter Freud und Wonn." Karin greift nach Thomas' Hand. Ihm ist nicht nach Adventsjubel zumute. 35.000 € hat er am Freitag verloren. Wegen einer um wenige Wochen zu spät gestellten Rechnung. Noch mehr als dieser Betrag trifft ihn die rücksichtlose Kälte des alten Freundes. Thomas spürt eine unbezähmbare Wut in sich. Da beginnt die Predigt über das Gebet des alten Simeon. „Denn meine Augen haben deinen Heiland gesehen, das Heil, das du bereitet hast." (Lukas 2, 30.31). Jahrzehntelang besuchte Simeon den Tempel in Jerusalem mit der Hoffnung: Ich werde den Messias, ich werde Jesus mit eigenen Augen sehen. Der Pastor sagt dazu: „Manchmal müssen wir Simeonswege gehen und Zeiten der unbeantworteten Fragen unerträglich lange aushalten. Ein Leben lang. Warten. Loslassen. Vertrauen. Wir haben es nicht in der Hand. Aber Gott verlässt und vergisst uns nicht. Er wird heilend eingreifen ... Simeon hat das in hohem Alter, erst kurz vor seinem Tod, erlebt." Bitter denkt Thomas: „Schöne Geschichte, aber damit kann ich meine Mitarbeiter nicht bezahlen und meine Bankschulden nicht bedienen." Zum Abschluss des Gottesdienstes erhält jeder Besucher eine Postkarte mit Simeons Gebet.

19 Jahre später qualmt aus einem erzgebirgischen Räuchermann adventlicher Sandelduft. Karin zündet die erste Adventskerze an. Ein mit Puderzucker bestäubter Quarkstollen wird angeschnitten. An der Postkartenwäscheleine in der Küche hängt die etwas vergilbte Postkarte mit dem Bibelvers aus Lukas 2,30.31: „Denn meine Augen haben deinen Heiland gesehen, das Heil, das

du bereitet hast." Karin war sie beim Aussortieren alter Weihnachtsdeko in die Hände gefallen und sie hatte sie kurzerhand an der Leine für die aktuelle Weihnachtspost platziert. Als Thomas' Blick auf diese Worte fällt, ist plötzlich der verdrängte alte Schmerz wieder da. Eine zerbrochene Freundschaft. 35.000 € Verlust. Ein finanziell bis an die Schmerzgrenze schwieriges Jahr für sein junges Unternehmen. Karin gießt Thomas duftenden Kaffee ein. „Lass die Geschichte mit Klaus los. Unser Unternehmen hat die Krise überstanden. Vertrau Gott, dass er es letzten Endes gut machen wird!" Thomas sieht sie dankbar an: „Deinen Optimismus habe ich schon immer bewundert. Aber mir fehlt der Glaube." Er atmet tief durch und beißt in ein Stück Stollen.

„Ich freue mich so auf die Kinder. Nele bringt ihren Freund das erste Mal mit. Nach dem Heiligabend-Gottesdienst kommen sie alle zu uns zum Essen", ruft Karin. „Aber nur, wenn ich bis dahin die Tanne in den Ständer bekommen habe. Mann, ist die schief, kein Wunder, dass die Kunden diesen Baum verschmäht haben", lacht Thomas aus dem Wohnzimmer. Die Türglocke schellt. „Gehst du mal runter, Karin?" „Bin schon auf dem Weg!"

„Thomas, kannst du mal kommen?" „Gleich!"

Im Türrahmen steht Klaus. Neben ihm eine fremde Frau. „Dürfen wir reinkommen? Wir möchten etwas mit euch besprechen", kommt es leise aus dem Mund des unerwarteten Gastes. Kaum sitzen sich beide Paare in der Küche gegenüber, erzählt Klaus: „Wir haben uns damals aus den Augen verloren. Es wuchs Gras über die Sache. Vor vier Jahren verunglückte meine erste Frau."

Klaus schluckt. „Dann habe ich Susanne kennengelernt. Wir haben letztes Jahr geheiratet und im Herbst die alte Mühle gekauft. Der Garten ist ein einziges Chaos. Bei der Suche, wer uns zur Hand gehen könnte, entdeckte Susanne bei Google eure Firma ‚Garten Eden' und wollte euch am liebsten sofort anfragen. Ich sagte ihr: ‚Das geht nicht.' Aber sie bohrte nach und so beichtete ich ihr die alte Geschichte. Und mir wurde, noch bevor Susanne darauf bestand, klar: Ich will das in Ordnung bringen." Klaus schluckt. Mit tränenerstickter Stimme flüstert er: „Ich will es noch vor Weihnachten aus der Welt schaffen. Es tut mir so leid." Zitternd zieht er einen Umschlag aus der Jacke. „Hier ist der Rechnungsbetrag von damals plus Zinsen." Thomas hat einen Kloß im Hals, als er aufsteht und Klaus in die Arme nimmt. Karins Blick fällt auf die alte vergilbte Postkarte an der Küchenwand. „Denn meine Augen haben deinen Heiland gesehen, das Heil, das du bereitet hast."

Annekatrin Warnke

Gans – oder gar nicht?

„*Was für ein Fest* soll das denn werden", stöhnte Holger und verzog angewidert das Gesicht. „Weihnachtsessen bei einer muslimischen Veganerin! Müssen wir wirklich da hin?" Petra, seine Angetraute, schaute ihn verständnislos an. „Was heißt hier müssen? Ist doch großartig, dass wir endlich Amiras Mutter kennenlernen werden! Wird schließlich Zeit – unser Sohn hat sich schon vor zwei Monaten verlobt!" „Vier Wochen, nachdem er Amira kennengelernt hat – der Verrückte", brummte Holger. Angewidert sah er aber nicht mehr aus. Er konnte Lukas schon verstehen. Amira war reizend. Hübsch, klug, fröhlich – und zum Glück weder Veganerin noch so eine überzeugte Gläubige wie ihre Mutter. „Ich trinke ganz gerne mal ein Glas Wein", hatte sie bei ihrem ersten Besuch im Hause Brunner gesagt und gut gelaunt mit Holger angestoßen. „Aber bitte – verratet das nicht Mama, wenn ihr euch begegnet. Sie nimmt den Koran sehr ernst."

Und ausgerechnet diese ernste Gläubige hatte sie nun alle vier zum Essen am 26. Dezember eingeladen. Am zweiten Weihnachtstag aß man im Hause Brunner traditionell Gans. Seit Jahren bereitete Petra dieses Festessen hervorragend zu. Ihre Klöße und ihre Soße hatten Sterneniveau! Und dazu ein Fläschchen vom guten Roten – ein besseres Festmahl gab es nicht! Das war etwas, worauf man sich das ganze Jahr freuen konnte. „Ist doch kein Weihnachten ohne ihre Gans", murmelte Holger leise vor sich hin.

„Wie bitte, Herr Pastor?", spottete Petra. Seine Ehefrau hatte verflixt gute Ohren. „Du predigst Jahr für Jahr deine Gemeinde an, dass sich Weihnachten nicht um Geschenke, Tannenbäume und Festtagsbraten dreht. Dass es um Jesus geht; um das Licht und den Frieden, die der Gottessohn in die Welt gebracht hat. Und bei dir hängt ein gelungenes Weihnachtsfest von einer gebratenen Gans ab?"

Der Herr Pastor fühlte sich ertappt. Aber Holger, der Privatmann und Feinschmecker, fand, er habe ein Recht auf sein Vergnügen am zweiten Weihnachtstag. Heiligabend hatte er drei Christvespern zu gestalten und am 25.12. zwei Weihnachtsgottesdienste. Einen davon in seiner Kirche traditionell um 18.00 Uhr. Danach war es zu spät für eine fette Gans. Sein ganz privates Weihnachten begann seit Jahren am 26. Dezember – mit einer leckeren Weihnachtsgans. Und nun sollte das ausfallen. Stattdessen: Wasser, reizlose Speisen und mühsame Konversation mit einer altmodischen türkischen Witwe. Aber was blieb ihm übrig, wenn er Amira und Lukas sehen wollte. Widerwillig ergab Holger sich in sein Schicksal.

Immer noch widerwillig stapfte er am zweiten Weihnachtstag gegen 18.00 Uhr in den dritten Stock eines unansehnlichen Mietshauses. Vor der Wohnungstür zwang er sich sein mildes Pastorenlächeln ins Gesicht. Die Tür wurde von einer attraktiven Mittfünfzigerin geöffnet. Sie trug einen aparten, weinroten Hosenanzug und elegante schwarze Pantoffeln aus Samt. Ihr Kopftuch, farblich abgestimmt, war so drapiert, dass es edel aussah. Ja, Holger achtete auf so etwas. Er war nicht nur Feinschmecker, sondern hatte auch ein Faible für Mode und Design. Petra wäre entschieden weniger schick gekleidet, wenn er sie nicht regelmäßig beim Shoppen begleiten würde. Demnächst würde er mal einen Hosenanzug für sie aussuchen.

„Herzlich willkommen, Petra und Holger", sagte die Lady in Red. „Ich bin Bahar und freue mich, euch endlich kennenzulernen. Amira und Lukas sind schon da. Und hier sind Gästepantoffeln für euch. Macht es euch bequem."

Die Wohnung war klein, aber fein eingerichtet. Weiß und Hellgrau waren die dominierenden Farben, aufgepeppt mit stilvoller Weihnachtsdeko in Dunkelrot, Tannengrün und Silber. „Du dekorierst weihnachtlich – als Muslima?", fragte Holger erstaunt. „Ja klar", sagte Bahar und lächelte. „Ich mag Kerzen, Kugeln, Sterne und Tannenzweige im Winter. Das ist schön – und hat doch nichts mit Religion zu tun." „Stimmt", sagte Holger und kam sich kleinkariert vor.

Im Erker des Wohnzimmers war ein runder Tisch für fünf Personen festlich gedeckt. Kleine Karten schmückten silberne Platzteller. Auf weinrotem Papier war mit silberner Schrift kunstvoll die Speisefolge kalligrafiert: Rote-Bete-Suppe mit Kokos, Birne und Zimt; Pilz Wellington; Lebkuchenmousse mit karamellisierten Orangen.

Das klang schon irgendwie nach lecker, dachte Holger. Leider konnte er sich eine Nachfrage nicht verkneifen: „Lebkuchenmousse? Wie machst du das ohne Eier?" Bahar lächelte wieder: „Ich nehme vegane Butter – und statt Eiweiß nehme ich Kichererbsenwasser." Toll, dachte Holger. Er würde versuchen, diese Information zu vergessen, und vorbehaltlos an die Nachspeise herangehen.

„Lukas hat mir verraten, was dein Lieblingswein ist", sagte Bahar kurz vor dem ersten Gang. „Und er hat Weingläser von zu Hause mitgebracht. Wem von euch Brunners darf ich Wein einschenken?". Lukas blieb aus Solidarität zu Almira bei Wasser und Petra hatte sich bereit erklärt, zu fahren. Holger konnte also aus dem Vollen schöpfen und genoss den guten Tropfen sehr. Und er war gerührt. Wie liebevoll ist eine Gastgeberin, die für Gäste etwas einkauft, womit sie selbst nichts anfangen kann! Ihr Essen genoss Bahar dafür mit gutem Appetit. Zu Recht befand Holger. Was sie da mit feinen Gewürzen gezaubert hatte, war von vorne bis hinten sehr schmackhaft. Noch nicht mal das Kichererbsenwasser im Dessert war ein Problem für seine Geschmacksnerven.

Der Abend verging wie im Flug. Beim Schmausen wurde angeregt geplaudert. Amira und Lukas erzählten mal wieder beseelt, wie sie sich kennengelernt hatten. Dann wollten sie von Petra und Holger wissen, wie das damals bei ihnen gewesen war. Während der Rückschau in die späten 80er verliebte Holger sich erneut in die wunderbare Frau an seiner Seite. Es wurde viel gelacht – aber es gab auch Tränen, als Bahar vom Unfalltod ihres Mannes vor vier Jahren erzählte. Amira verbrauchte eine halbe Packung Tempos und es wurde klar, wie sehr sie ihren Papa vermisste.

Als Petra und Holger gegen 23.00 Uhr aufbrachen, waren aus Fremden Freunde geworden. „Wider Erwarten war es ein schöner Festabend", nuschelte Holger, mit der noch zu einem Viertel vollen Rotweinflasche für zu Hause unterm Arm. Er grinste breit. „Es war richtig weihnachtlich – und das ganz ohne Gans und Tischgebet."

Jürgen Werth

„Ich muss zum Kind!"

Was für ein Fest! Alles glänzt, gleißt, glitzert. Alles singt, klingt, schwingt. Die Welt ist Licht. Die Welt ist Musik. Die Welt ist Weihnachten. Die Sinne des kleinen Jonathan sind beinahe überfordert. Sie sind für die Erde gemacht, nicht für den Himmel. Und das hier muss der Himmel sein! Und heute, am 24. Dezember im Jahre des Herrn 1685, hat er Platz genommen auf der Erde. Jonathan steht und starrt und staunt und lauscht. Hier möchte er bleiben. Eine ganze Ewigkeit lang.

Dabei hatte er noch am Morgen gedacht, er müsste den Abend in der stickigen Enge ihrer dunklen Kate verbringen. Er hatte seine Eltern erzürnt. So sehr, dass sie gesagt hatten, er dürfte nicht mitkommen, wenn heute, pünktlich zum Heiligen Abend, die neue Kathedrale mit einem prunkvollen Gottesdienst eingeweiht würde. Sein ganzes kleines Leben lang hatte er den Steinmetzen und Maurern, den Glasern und Malern, den Zimmerleuten und Bildhauern bei der Arbeit zugesehen. Das Hämmern und Sägen und Schleifen war der Rhythmus seiner Tage gewesen. Und nun war das gewaltige Bauwerk fertig. Schicht auf Schicht war es gewachsen, Stein auf Stein, und er mit ihm. Und nun sollte er zu Hause bleiben!

Klar, es war nicht richtig gewesen, am Morgen dem frisch gebackenen und verführerisch duftenden Lebkuchenmann ein Bein zu stiebitzen und es wegzufuttern. Er hatte sich auch gleich dafür entschuldigt. Aber die Strafe hatte er nicht mehr abwenden können: Eine Tracht Prügel und ein barsches „Du bleibst heute Abend zu Hause!“ Alles Weinen und Betteln hatte nichts geholfen. So hatte er sich in die Ecke ihrer Wohn-, Schlaf- und Kochstube verkrochen und sich mit der schlichten Holzpuppe getröstet, die Papa für seine kleine Schwester geschnitzt hatte. Aber wirklich trösten konnte sie nicht.

Doch dann erwachte neue Hoffnung. Am Mittag hatte seine Muhme hereingeschaut, die ältere Schwester seines Vaters. Der hatte er schluchzend und schluckend erzählt, was passiert war, und sie hatte versprochen, bei den Eltern ein gutes Wort für ihn einzulegen. In einer anderen Ecke ihrer Behausung hatte er die drei tuscheln gehört. Es war ein langes Gespräch gewesen. Danach waren die drei langsam in seine Ecke gekommen, ernst der Vater, zaghaft lächelnd die Mutter, augenzwinkernd die Muhme.

Sie hatten eine Weile geschwiegen. Dann endlich hatte der Vater gesagt: „Also gut. Heute ist Weihnachten. Und die Botschaft der Engel gilt auch für dich: ‚Euch ist heute der Heiland geboren!‘ Wir wollen dir verzeihen. Du kannst heute Abend mitkommen.“

Er war aus seiner Ecke gestürzt und erst dem Vater, dann der Mutter und schließlich der Muhme in die Arme gesprungen, lachend und weihnachtsglücklich, und hatte nur „Dankedanke“ stammeln können.

Und nun steht er tatsächlich in der riesigen Kathedrale und kann nicht fassen, was er sieht und hört. Jonathan ist verzaubert und verzückt. Licht und Farbe. Gold, Glanz und Musik. Und prächtige Wand- und Deckengemälde, die zeigen, was er bislang nur erzählt bekommen hat. Und vorne, neben dem prunkvollen Altar eine Gruppe lebensgroßer hölzerner Figuren. Josef und Maria und die Krippe und das Kind.

Als der Bischof die Weihnachtsgeschichte vorliest, trifft sie Jonathan mitten ins Herz. Besonders als sie von den Hirten erzählt, die nichts ahnend und nichts hoffend auf den dunklen Feldern vor Bethlehem ihre Schafe hüten, als urplötzlich die himmlische Herrlichkeit in ihre trostlose Wirklichkeit platzt. Die mit vor Schrecken und Staunen weit aufgerissenen Augen einen leuchtenden Engel in ihrer Mitte sehen und hören, was er zu ihnen, ausgerechnet zu ihnen, sagt: „Fürchtet euch nicht! Siehe, ich verkündige euch große Freude, die allem Volk widerfahren wird; denn euch ist heute der Heiland geboren, welcher ist Christus, der Herr, in der Stadt Davids. Und das habt zum Zeichen: Ihr werdet finden das Kind in Windeln gewickelt und in einer Krippe liegen.“ Und die auf einmal Hunderte Engel singen und tanzen, jubeln und jauchzen hören, als lüde der Himmel zum Tag der offenen Tür: „Ehre sei Gott in der Höhe und Friede auf Erden bei den Menschen seines Wohlgefallens.“

Jonathan ist auf einmal mittendrin. Steht staunend zwischen den Hirten. Einer heißt wie er, Jonathan. Und auch der kann so gar nicht fassen, dass er dabei ist. Er hat sich zwar nicht an einem Lebkuchenmann vergriffen wie sein kleiner Namensvetter. Aber er hat noch heute Morgen einen Mithirten beim Würfelspiel übel übers Ohr gehauen. Und er hat noch eben wüst und gottlos geschimpft und geflucht, weil sein Hirtenmantel zu dünn ist für die feuchte Kälte, die in der Nacht über die Berge von Judäa kriecht. Nein, er hat wahrlich nicht damit rechnen können, dass ihn, ausgerechnet ihn, am Abend der Himmel besucht. Der passt doch nur zum Tempel im nahen Jerusalem und nicht zu den Feldern, über die sie mit ihren Ziegen und Schafen ziehen! Der passt doch nur zu den Priestern, Leviten und Schriftkundigen, die ein anständiges Leben vorweisen können, und nicht zu ihnen, die sie nach ihrer eigenen Moral leben! Aber nun ist es geschehen. Und er ist dabei gewesen. Und er gehört mit all den anderen ab sofort dazu, zu den Menschen, an denen Gott Wohlgefallen hat. Der Engel hat‘s gesagt. Und einem Engel muss man glauben.

Oder hat er alles nur geträumt? Nein, dann hätten ja alle denselben Traum geträumt. Und das gibt es nicht. Niemand hat geträumt. Alle waren hellwach. Und nun fassen alle denselben Entschluss: Auf! Wir gehen zur Krippe! Wir wollen, wir müssen zu diesem Kind! Zum Heiland! Unserem Heilbringer und Heilmacher und Hellmacher aus dem Himmel! Wir gehen, wie wir sind. Von vorher Waschen und Zähneputzen und Umziehen war nicht die Rede.

Der kleine Jonathan in seiner Kirchenbank spürt einen sanften Knuff an seinem Oberarm. „Schläfst du? Komm, wir gehen nach Hause. Der Gottesdienst ist zu Ende." Dabei hat er gar nicht geschlafen, nur ein bisschen geträumt.

Der Vater schiebt ihn aus der Kirche. Doch Jonathan windet sich aus seinen starken Händen. Er will nicht nach Hause. Er kann nicht. Noch nicht. Abrupt ändert er die Richtung. „Moment noch! Bitte! Ich heiße auch Jonathan! Ich muss nach vorne! Ich muss zur Krippe! Ich muss zum Kind!"

Sylvia Barron

Die Bude

„Was für ein Fest! Finden Sie nicht auch?“ Die Dame mit dem grünen Schal sieht ihn direkt an.

Er nickt, obwohl er in Gedanken schon bei seinem Feierabendbier ist.

„Dass der Schöpfer dieser Welt auf diese Erde gekommen ist, um ein kleines Kind zu werden.“ Sie zeigt ihrem Ehemann den hölzernen Christbaumanhänger mit dem Jesuskind in der Krippe.

„Soll ich es ihnen einpacken?“, fragt Alois und greift nach dem Anhänger. Normalerweise ist er geduldiger mit seinen Kunden, lässt sie in Ruhe minutenlang stöbern, auch wenn er ahnt, dass sie nichts kaufen.

Aber heute ist Heiligabend. In einer Viertelstunde machen alle Buden dicht und er möchte seine Kasse schließen. Doch den letzten Verkauf der Saison will er sich nicht durch die Lappen gehen lassen.

„Es wundert mich jedes Jahr aufs Neue“, murmelt die Dame, ohne auf seine Frage einzugehen.

Dann hat sie sich wohl schon mehr als sechzig Mal darüber gewundert, schätzt Alois.

Sie lächelt ihn an. „Hübsch ist er, aber ich weiß nicht,

ob ich noch Platz an meinem Baum dafür finde. Sie kennen das sicher, jeder Zweig hängt voll."

Er lässt die kalten Finger wieder in seiner Hosentasche verschwinden. Nein, das kennt er nicht. In seinem ganzen Leben hat er keinen Weihnachtsbaum geschmückt.

Alois findet es schlimm genug, jedes Jahr seine Bude festlich dekorieren zu müssen. Hoffentlich entscheiden sich die beiden endlich und spülen ein wenig Kleingeld in die Kasse.

Der Ehemann mit graukarierter Schiebermütze mischt sich ein. „Packen Sie ihn gerne ein, es wird sich ein Platz dafür finden. Haben Sie die alle selbstgemacht?"

Alois zieht eine der braunen Papiertüten unter dem Tresen hervor. „Ja ja", antwortet er. Früher hätte das gestimmt, damals hat er sich dünnes Holz aus dem Baumarkt geholt, weihnachtliche Motive herausgesucht und mit einem Lasercutter vollautomatisch Herzen, Sterne und Tannenbäume ausgeschnitten. Inzwischen bestellt er die bunten Holzanhänger mit Schnur für fünfundachtzig Cent das Stück im Internet, um sie dann für zehn Euro weiterzuverkaufen.

„Stellen Sie sich vor, bei uns hat dieses Jahr die ganze Familie abgesagt. Unsere Kinder wollten mit den Enkeln zu uns kommen, aber gestern sagte die Tochter ab. Sie haben Magen-Darm. Und eben ruft der Sohn an, der Jüngste hat auf das Sofa gespuckt. Na, frohe Weihnachten!", erzählt die Dame ihm lachend, während er einpackt. „Jetzt müssen wir Heiligabend verschieben."

„Wie feiern Sie dieses Jahr? Mit der Familie?", erkundigt sich der Herr.

„Gar nicht." Alois ist zu perplex, um zu lügen. Außer ‚Kann man mit Karte zahlen?' fragt ihn nie jemand etwas. Normalerweise schaut ihn auch niemand direkt an, meistens kleben die Augen an seinen Waren.

Die beiden blicken ihn an, als hätte er soeben gesagt, der Weihnachtsbaumanhänger koste tausend Euro.

Er zuckt mit den Schultern. Weihnachten hat er nicht mehr gefeiert, seit seine Frau ihn mit den Kindern verlassen hat. Seine Mutter hat ihn daraufhin manchmal eingeladen, doch mit dieser Grantlerin verbringt er freiwillig keine Zeit. Seine beiden Söhne haben ihn früher an den Weihnachtsfeiertagen besucht, aber darauf verzichten sie inzwischen. Wollen mit einem Nörgler wie ihm keine Zeit mehr verbringen.

„Na, dann kommen Sie mit zu uns! Begleiten Sie uns in den Gottesdienst und zu Hause gibt es bei uns Braten, der ist schon im Ofen." Sie strahlt ihn so an, dass er fast Ja sagen möchte.

„Ich muss die Bude abbauen", antwortet er.

„Dann danach!"

Er schüttelt den Kopf. Sein Feierabendbier wartet. „Macht zehn Euro."

Der Mann reicht ihm den Betrag. „Überlegen Sie es sich."

Alois sieht den beiden verwundert nach, die Hand in Hand über den Markt schlendern.

Obwohl ihre geplante Feier ins Wasser gefallen ist, sind sie in Festtagsstimmung. Weil der Schöpfer dieser Welt auf die Erde gekommen ist, so hat sie es gesagt. Merkwürdige Worte.

Wie es wohl wäre, mit den beiden im heimeligen Wohnzimmer zu sitzen und Braten zu essen? Stattdessen wird er nach getaner Arbeit auf der Couch liegen und die Serie weiterglotzen, die er gestern angefangen hat. Wie hieß die nochmal? Er weiß es nicht mehr.

Und dann wird er überlegen, ob das Geld bis zum Frühlingsmarkt reicht oder ob er dazwischen noch einmal einen Gelegenheitsjob annehmen muss.

Das hat ihm seine Exfrau immer vorgeworfen, dass er zwischen den Märkten nur auf der Couch liegt und nicht im Haushalt hilft. Wie ein drittes Kind sei er.

Alois zählt seine Kasse und packt den übrigen Weihnachtsschmuck für nächstes Jahr zusammen. Nach über einer Stunde sperrt er alles zu, als er von Weitem das Ehepaar heranschlendern sieht. Ihr Gottesdienst ist vorbei und sie strahlen noch mehr als vorher.

„Haben Sie es sich überlegt?"

Alois wiegt den Kopf, dann nickt er.

Wenig später sitzt er bei ihnen im Auto. Sie fragen nach seinem Namen, der Familie, dem Beruf. Erzählen von ihren sechs Enkeln. Und wie sie dieses Jahr erst die jüngste Tochter bei einem Autounfall verloren haben.

Sie hören ihm zu, als er von seiner Frau erzählt, die ihn an Weihnachten vor neun Jahren verlassen hat. Nicken, geben keine gutgemeinten Ratschläge, verstehen ihn, verurteilen nicht. Schauen ihm aufrichtig ins Gesicht und sind interessiert an ihm.

Es gibt duftenden Braten, das Weihnachtsoratorium von Bach, Himbeertraum und Kartenspiele. Frau Weger, so heißt sie, hängt mit leuchtenden Augen das Jesuskind auf den letzten leeren Zweig am glitzernden Tannenbaum.

Bescherung gibt es keine, das machen sie mit den Enkeln, wenn die wieder gesund sind. „Das größte Geschenk an Weihnachten ist unser Retter Jesus."

Der Retter. Wie sie das sagt.

Nach einem langen Abend verabschiedet er sich und fährt mit der Straßenbahn in seine Einzimmerwohnung. Womit hat er es verdient, dass sie ihn, den Grantler von der Weihnachtsbude, zu sich eingeladen haben? Er hat ihnen nichts geschenkt, kein Geld gegeben, nichts zum Essen mitgebracht. Noch nicht einmal freundlich war er.

Es ist der erste Heiligabend seit langer Zeit, der ein echtes Fest war für Alois. Ein Weihnachtsfest.

Am nächsten Morgen steht er früh auf und geht in den Gottesdienst. Die Wegers winken ihm aus der zweiten Reihe zu.

Er lächelt zurück.

Mirjam Löwen

Die Hirten auf dem Feld

„*Was für ein Fest!*", staunte Micha und schob sich voller Freude das noch warme und in der Kälte dampfende Brot in den Mund. Lange hatte er nicht mehr so eine Freude an etwas Essbarem empfunden. Wie auch. Wäre ja nicht so, dass sie ständig etwas Frisches, geschweige denn Warmes zu Essen hatten. Was sollten Hirten wie sie auch erwarten. In einem so kleinen Dorf an unterster Stelle zu stehen – und als wäre das nicht genug, verbrachten sie ja auch die meiste Zeit weit draußen in den Hügeln. Etwas wohlhabendere Hirten hüteten wenigstens ihre eigenen Schafe, doch Micha war froh, wenigstens diese Arbeit zu haben. Fremde Schafe hüten – aber da musste er sich selber schon schmunzelnd in seinen Gedanken korrigieren. ‚Fremd' waren ihm die Schafe keineswegs. Er kannte sie gut und sie waren ihm vertraut. Wahrscheinlich mehr als ihrem Besitzer.

„Wer bin ich schon." Wieder kam der vertraute Frust hoch. Alles ist gleich – tagein, tagaus. Nichts veränderte sich in diesem tristen Leben, in dem das einzig Vertraute ein blödes Schafgesicht war und ein paar andere Hirten, die ähnlich missmutig vor sich hin brummelten. „Wenn man niemand ist, hat man nichts zu verlieren", lachte Johannes immer. Aber der war auch schon seit so vielen Jahren Hirte und bettelarm. Ein denkbar schlechter Ratgeber in Sachen Lebenstraum.

Und wovon träumte Micha? Er wusste es manchmal gar nicht so genau. Seine Träume waren längst untergegangen in den eintönigen und erdrückenden Umständen, die ihn umgaben. Als er klein war, spielte er so gerne mit dem Holz in Nachbars Werkstatt. Aber das machen Kinder so. Sie wissen nicht, wie das Leben wirklich ist, und denken, alles wäre möglich und die Türen dieser Welt stünden ihnen offen. Vater hatte ihn immer ausgelacht und Mutter nur merkwürdig durch die schmalen Lippen gepfiffen. Was soll man dann schon träumen? Und je mehr Zeit verging, desto mehr bedrückte ihn das wahre Leben.

Weder eine Tischlerzukunft noch irgendwelche anderen Ideen hatten darin Platz. Also beugt man sich dem, wie es eben einfach so kommt. Es sollte nicht sein. Aber wenn Micha Nachtdienst hatte und auf die große Herde aufpasste, dann fesselten ihn die Flammen des still lodernden Feuers in ihrer Mitte und er war wie gebannt. Welche Kraft und Wärme sie hatten. Wie sie so emporschnellten und in der Dunkelheit verschwanden. Als gäbe es etwas Stärkeres. Als würde es mehr geben als die Eintönigkeit und Dunkelheit, die ihn umgaben. Keine Flamme glich der anderen und das Licht war ungebändigt in Bewegung. Es war so kraftvoll. Es lud ihn ein, kühn zu glauben, dass die Dunkelheit nicht das letzte Wort hatte. Dass sie keine Chance hatte gegen das Licht und die Wärme.

In einer Nacht starrte Micha wieder gebannt auf das Spiel des Lichtes vor ihm, als er plötzlich in seinem Augenwinkel eine Veränderung bemerkte. Weiter oben den Hügel hinauf kam ein Licht ganz langsam näher.

Er machte sich Sorgen, nun schließlich durchgedreht zu sein vor lauter Fantasie und Faszination des Feuers. Doch das Licht wurde immer heller. Langsam erleuchtete es mehr und mehr vom Tal, in dem sie lagerten. Die anderen Hirten regten sich und erwachten einer nach dem anderen aus ihrem Schlaf.

Doch was war das? Musik? Hörten sie jemanden singen? Micha schüttelte sich kurz und starrte voller Angst und gleichzeitig wie versteinert zum Hügel hinauf, von wo das Licht nun immer stärker und eindringlicher bis zu ihnen vordrang.

Schließlich bedeckte eine große Schar von hell erleuchteten Gestalten irgendwie schwebend das ganze Tal und sie sangen in unfassbarer Harmonie und fesselnder Schönheit. Genau verstehen konnte Micha das nicht, es glich einem beinah unverständlichen Rauschen, das sein ganzes Inneres einzunehmen schien. Plötzlich trat eine hell leuchtende Gestalt hervor, die die anderen überragte und zu sprechen begann: „Fürchtet euch nicht! Heute ist für euch in Betlehem der Retter zur Welt gekommen! Es ist Christus, der Herr!"

Kaum hatte er zu Ende gesprochen, waren plötzlich überall um sie herum diese Gestalten und sangen laut und voller Kraft: „Ehre sei Gott im Himmel! Denn er bringt der Welt Frieden und wendet sich den Menschen in Liebe zu!"

Ganz allmählich zog sich das leuchtende Heer von Gestalten zurück und schließlich blieben die Hirten wieder allein in ihrem Tal zurück.

Micha spürte eine seltsame Kälte an seinen Wangen. Bis er schließlich merkte, dass sie nass von Tränen waren. Er wischte sich mit seinem dreckigen Ärmel das Gesicht trocken.

Es brauchte nicht lange, bis sie alle gemeinsam in höchste Aufregung ihre Sachen packten und sich auf den Weg hinunter nach Betlehem machten.

Was auch sonst? Nur ein Dummer würde hier sitzen bleiben! Das war von Bedeutung. Jeder Grashalm, jeder Strauch – ja, selbst jedes Schaf konnte das spüren.

Michas Herz bebte. Seine Gedanken überschlugen sich. Was in aller Welt war gerade passiert? Alle Leere schien sich in Anbetracht des Lichts und der Magie dieses Augenblicks in Luft aufzulösen. Das musste das Gefühl von Hoffnung und Mut sein. Mut, nach vorne zu schauen. Mut, sich nicht der Gleichgültigkeit hinzugeben. Etwas hatte eine große Bedeutung und schien mit aller Kraft komplett Besitz von ihm zu ergreifen. Es erinnerte ihn an das Feuer in der Nacht. Wie es ihn so einnehmen konnte und ihm davon erzählte, dass es sehr wohl ein Licht gibt, das Kraft hat und die Dunkelheit des Lebens auslöscht.

Nach kurzer Zeit erreichten sie einen kleinen Stall und fanden darin ein Baby in Windeln gewickelt in einer Futterkrippe liegen, genauso, wie es der Engel beschrieben hatte. Die Eltern des kleinen Babys hießen Maria und Josef und waren sichtlich überrascht über den nächtlichen Besuch. Doch als die Hirten ihnen von dem sonderbaren Besuch der Engel dort draußen bei den Hügeln erzählten und was sie über das Baby gesagt hatten, hatte Micha das Gefühl, die beiden warfen sich verstohlene Blicke zu, die zwar große Freude, aber nur wenig Überraschung zeigten.

Micha starrte wie gebannt auf das Baby. „Rettung und Frieden für diese Welt ...", hallte es in seinem Kopf wider. Noch hatte er das Gefühl, man könnte Hoffnung und Licht greifen. Doch dieser Moment war genau das. Er spürte mit jeder Zelle seines Lebens, dass die Dunkelheit vorüber war. Etwas in ihm war sich so sicher wie nie zuvor. Alle Vergänglichkeit, jede Leere und Dunkelheit schien ihre Kraft verloren zu haben. Hier, wo die Hoffnung geboren wurde.

„... wendet sich den Menschen in Liebe zu", erinnerte sich Micha an die Worte. Das war es, was ihm all die Jahre so gefehlt hatte. Was er als Kind so gerne gesehen hätte. Was er sich an jedem Tag seines Lebens gewünscht hatte: Jemand wendet sich mir in Liebe zu.

Das ist es, wenn das Licht in seiner kraftvollen und alles ergreifenden Stärke etwas ergreift. Es bleibt keine Dunkelheit. Es bleibt kein Raum für Trostlosigkeit. Jede Leere wird gefüllt von dem, der Licht und Frieden bringt. Und Liebe.

FABIAN VOGT

Feste feiern

„Was für ein Fest?" Das frage ich, wenn mich meine Freunde mal wieder feixend nach dem sagenumwobenen Heiligen Abend im letzten Jahr fragen, bei dem alles aus dem Ruder lief: „Was für ein Fest?"

Dann lachen sie und erinnern mich mit diebischer Freude an all die Details, die ich so gerne verdrängen möchte.

Ich weiß allerdings noch genau, wie alles angefangen hat. Unsere beiden pubertierenden Kinder hatten am Nikolaustag erklärt: „Wir haben keine Lust mehr auf die immer gleichen Rituale: klassischer Gottesdienst, Fondue, Weihnachtsgeschichte, Bescherung und dann Singen. Laaangweilig!

Entweder kriegt das Fest dieses Jahr ein bisschen mehr Aura …" (Ich musste erst mal nachschauen, was das in diesem Zusammenhang genau bedeutet) „… oder wir feiern mit unserer Clique."

Tja, und dann kam mir ein Satz über die Lippen, den ich später des Öfteren bedauert habe: „Gut, dann machen wir es so: Jede und jeder von uns vieren hat am Heiligen Abend einen Wunsch frei. Eine Sache, die in diesem Jahr ganz anders sein soll als sonst. Einverstanden?"

Mein Sohn strahlte mich an: „Das ist mal ein lässiger Vorschlag. Und um das Ganze noch ein bisschen aufzupeppen, verraten wir uns unsere Wünsche erst am Heiligen Abend – und bereiten sie auch selbst vor. Im Geheimen. Also: Ich kümmere mich auf jeden Fall ums Essen."

„Moment ... Moment!" Das Glitzern in den Augen meines Sohnes war mir etwas zu intensiv. „Bevor du jetzt über Kutteln McNuggets, Räucher-Tofu in Schokoladensoße oder flambierte Insekten nachdenkst ... eine Bedingung! Unsere Wünsche müssen alle irgendwas mit Weihnachten zu tun haben. O.k.? Nicht irgendein Quatsch. Können wir uns darauf einigen?"

Einvernehmliches Nicken. Meine Frau schlug vor, sich um den Rahmen des Festes zu kümmern, meine Tochter wollte den Gottesdienstbesuch in die Hand nehmen, und ich meldete mich für die Gestaltung des Weihnachtsbaums.

Ich werde nicht müde zu betonen: Ich habe zu diesem Zeitpunkt nicht mal ansatzweise geahnt, wie sehr sich diese Idee verselbstständigen würde.

Als wir am Heiligen Nachmittag zusammenkamen, hielt meine Frau uns nämlich als Erstes freudestrahlend glitzernde Engelskostüme hin. Eines für jede und jeden.

„Hä?", fragte ich, „was hat denn das mit Weihnachten zu tun?"

Sie lächelte: „Weihnachtsengel! Ist doch logisch. Die

Engel auf dem Feld verkündigen: ‚Euch ist heute der Heiland geboren.'"

„Ja klar, das weiß ich – aber wieso eine Verkleidung?"

Da grinste sie: „Auf den Philippinen feiern die Familien an Weihnachten jedes Jahr eine Mottoparty. Alte Tradition. Da gibt es sogar einen Preis für das beste Kostüm. Und ich habe entschieden: Diesen Brauch übernehmen wir dieses Jahr – und verkleiden uns als Engel. Also los, anziehen!"

Unsere Kinder schauten etwas genervt, aber da sie die Weihnachtstransformation ja selbst so dringend eingefordert hatten, mussten sie in den sauren Apfel beißen und die kitschigen Dinger anziehen.

Meine Tochter murmelte verschlagen: „Ach ja, diese fremden Bräuche." Dann biss sie sich auf die Unterlippe. „Ich habe da übrigens auch einen gefunden." Ein Leuchten sprang auf ihr Gesicht – und mir wurde ganz bang. „In Caracas, der Hauptstadt von Venezuela, fahren die Leute mit Inlineskatern in den Gottesdienst. Wirklich. Könnt ihr nachlesen. Da werden sogar alle Straßen für gesperrt." Mein Gott!

Tja, so fuhren wir kurz darauf in Engelskostümen (mit Knie- und Ellenbogen-Schonern) auf Rollerblades in den Gottesdienst. Nun, ich sag mal so: Wir waren schon weniger auffällig. Selbst die Pfarrerin erwähnte uns kurz in ihrer Predigt. Wir wären aber auch so nicht zu übersehen gewesen. Und beim Lied „Engel haben Himmelslieder auf den Feldern angestimmt" schauten ständig alle zu uns rüber. Ich war deshalb ziemlich erleichtert, als wir wieder zu Hause ankamen … allerdings auch voller Sorge, was mein Sohn wohl zum Essen geplant hatte.

Der baute sich vor uns auf und erklärte wie der Verkündigungsengel persönlich: „Aufgepasst: Es gibt erst Reispudding mit Glühwein und nachher Rentiersteaks." Ich atmete auf. Doch er fuhr fort: „Das Wichtigste für die Menschen in Finnland, die diese Sachen an Weihnachten lieben, ist allerdings, dass sie zwischen der Vor- und der Hauptspeise in die Sauna gehen. Das machen wir auch. Darum habe ich unsere Sauna vorhin schon angestellt. Auf 90 Grad. Und einen Aufguss besorgt: Tanne mit Weihrauch."

Meine Tochter verdrehte die Augen: „Du willst am Heiligen Abend in die Sauna? Wer macht denn so was?"

„Na ja, alle Finninnen und Finnen – und die finden das total toll. Ist doch mal einen Versuch wert. Außerdem: Mehr als 60 Prozent aller Finnen sind Mitglied einer Kirche. Deutlich mehr als in Deutschland. Liegt vielleicht am weihnachtlichen Saunieren. Schwitzen für den Herrn!"

So kam es, dass wir womöglich die einzige Familie Deutschlands waren, die an diesem Heiligen Abend die Weihnachtsgeschichte in der Sauna vorlas. Während uns Tannenduft und Weihrauch den Schweiß aus den Poren trieben. Und tatsächlich fühlte sich das Ganze wie ein reinigender Akt an. Als würden wir alles, was uns belastet, ausschwitzen und uns ganz neu auf die Weihnachtsbotschaft einlassen.

Zum krönenden Abschluss versammelten wir uns unterm Tannenbaum. Den ich geschmückt hatte. Und zwar mit … Spinnweben! „Iiiiihh!", riefen meine Frau und meine Tochter gleichzeitig. Doch ich konnte nachweisen, dass das in der Ukraine alle Menschen am Weihnachtsbaum haben. Wegen einer alten Legende: Eine arme Frau konnte sich keinen Weihnachtsbaumschmuck leisten … und Gott schickte ihr eine Spinne, die den Baum mit glitzernden Fäden überzog. Eigentlich ganz schön.

Das war unser Fest!

Erstaunlich finde ich: Ich habe noch keine Familie getroffen, die sich so gründlich an ihren letzten Heiligen Abend erinnert wie wir. Schon das ist doch was. Und tatsächlich hat mich auch die Weihnachtsgeschichte ganz neu berührt.

Natürlich muss ich den Hohn und den Spott meiner Freunde ertragen. Andererseits: Gerade hat die Pfarrerin angerufen und gefragt, ob wir dieses Jahr wieder als Engel kommen könnten. Das Echo in der Gemeinde sei unglaublich positiv gewesen: „Was für eine eindrucksvolle Performance."

Ich denke noch darüber nach …

Katrin Faludi

Der Rolladen-Rausch

„*Was für ein Fest!*“, stöhnt Irmgard und lässt den Rollladen demonstrativ herunterknallen. Schon wieder schwirrt ihr der Kopf. Jeden Abend muss sie bei Einbruch der Dämmerung das Wohnzimmerfenster abdunkeln – es ist nicht mehr auszuhalten: dieses Geblinke, Gefunkel und Geflirre vom Haus gegenüber! Wenn pinke Lichtstreifen über ihre Wohnzimmerwand huschen und grellblaue Reflexe von den Messingtellern in der Vitrine zurückgeworfen werden, steigt ihr Blutdruck.

Seit Oktober geht das schon so. Kurz nachdem diese Familie aus Indien gegenüber eingezogen ist. Irmgard hat den schnauzbärtigen Familienvater durchs Fenster beobachtet – wie er mit Hingabe Lichterkette um Lichterkette an Fensterrahmen, Balkonbrüstungen und selbst am Gartenzaun anbrachte. Jede in einer anderen Farbe. Schwindelig wurde ihr, als der kleine Mann auch noch auf einer Leiter herumturnte, um Leuchtschlangen an der Dachrinne zu befestigen. Anfangs dachte sie, die Familie würde irgendein ihr unbekanntes Fest mit dieser grellen Beleuchtung feiern. Als sich im Vorgarten aber auch noch ein aufblasbarer – und natürlich beleuchteter –

Weihnachtsmann zu voller Größe aufrichtete, schwante ihr Böses.

Irmgards Freundin Annemarie würde in ihrer Urne rotieren, wenn sie wüsste, was aus ihrem schönen Haus geworden ist! Pünktlich zum ersten Advent hat Annemarie jedes Jahr ihre Schwibbögen aus dem Erzgebirge in die Fenster gestellt – keinen Tag früher! Und pünktlich zum Dreikönigstag hat sie sie wieder sorgsam in Kisten verstaut. Nur zwei Tage später, am achten Januar dieses Jahres, ist Annemarie unerwartet verstorben. Irmgards einziger Trost: Ihre Freundin ist nun wieder mit ihrem Heinz vereint, den sie so viele Jahre vermisst hatte. In den Monaten nach ihrem Tod ließen Annemaries Kinder das Haus räumen und grundlegend renovieren, um es zu vermieten. Dann kamen die Inder – mit ihren lauten Kindern und dem viel zu bunten Lichterschmuck. Der ungewohnte Anblick trifft Irmgard jedes Mal wie ein Stich ins Herz.

Ein Poltern und Krachen von oben lässt sie zusammenfahren. Auch Waltraud, ihre Nachbarin aus dem ersten Stock, reagiert allergisch auf das optische Dauerfeuer von gegenüber. Sie sprechen schon seit zwei Jahren kein Wort mehr miteinander, aber Waltraud lässt ihren Rollladen ebenso vehement herunterknallen. Irmgard hat den Eindruck, sie wolle sie sogar im Rollladenknallen übertrumpfen. Waltraud musste ja schon immer alles besser wissen, können und machen. Kein Wunder, dass ihr Mann sie verlassen hat!

Irmgard schaut die Tagesthemen, läuft in den Waschkeller, um die Waschmaschine für die Nacht zu programmieren, und macht sich bettfertig. Als sie vom Bad ins Schlafzimmer geht, hört sie Waltrauds Schritte im Treppenhaus. Seit ihrem letzten großen Streit – Waltraud wollte partout nicht zugeben, dass die Delle in Annemaries Corsa von einem ihrer missglückten Einparkmanöver mit dem überdimensionierten, quietschgelben SUV stammt – achtet sie peinlich genau darauf, Irmgard nicht zu begegnen – nicht einmal in der Waschküche.

Sie geht zu Bett, spricht ihr Nachtgebet und löscht das Licht. Kurz darauf hört sie wieder Waltrauds Schritte. Natürlich macht diese nicht den Hauch eines Versuchs, die Wohnungstür leise zu schließen! Irmgard ärgert sich noch kurz, ehe sie einschläft.

Am Morgen kostet es sie Überwindung, überhaupt aufzustehen. Es ist Heiligabend. Seit Wochen fürchtet sie diesen Tag. Nach dem Tod ihrer Ehemänner haben Irmgard und Annemarie jedes Jahr gemeinsam gefeiert. Dieses Jahr wird Irmgard Weihnachten zum ersten Mal ganz allein verbringen. Sie hat beschlossen, den Tag wie jeden anderen zu begehen – so zu tun, als gäbe es dieses Fest gar nicht. Aber sie weiß jetzt schon: Es wird ihr nicht gelingen.

Den Vormittag über putzt und bügelt sie, mittags erledigt sie letzte Einkäufe. Als sie zurückkommt und die Kartoffeln aufsetzen will, springt der Herd nicht an. Merkwürdig! Auch der Kühlschrank brummt nicht, und das Lämpchen am Telefon ist aus. Irmgard prüft den Sicherungskasten – die Hauptsicherung sitzt. Sie läuft zum Wohnzimmerfenster und späht zum Nachbarhaus. In dessen Küchenfenster explodieren kobaltblaue Schneeflocken. Dahinter steht die Inderin am Herd und brutzelt etwas. Die haben also Strom! Seufzend greift Irmgard zum Handy, um den Notdienst der Stadtwerke anzurufen. Stromausfall – ausgerechnet an Heiligabend! Natürlich geht niemand ran, was hat sie auch erwartet. Soll sie nun allein im Dunkeln sitzen?

Während sie noch überlegt, rauscht das Postauto heran. Ohne nennenswert das Tempo zu drosseln, schwenkt es in die Lücke zwischen Waltrauds und Irmgards Autos. Irmgard kommt gar nicht dazu, erschrocken die Hände vors Gesicht zu schlagen – da kracht es auch schon! Das quietschgelbe Paketauto ist ihr voll in die Heckklappe gefahren. Zum Glück an genau die Stelle, die schon seit zwei Jahren eingedellt ist. Als Irmgard begreift, was das bedeutet, schlägt sie doch noch die Hände vors Gesicht. Erst als es laut an der Haustür klopft, reißt sie sich aus ihrer Starre. Benommen öffnet sie.

Vor der Tür steht ein hünenhafter, rothaariger Paketbote und macht ein zerknirschtes Gesicht. Er muss neu sein – Irmgard hat ihn noch nie gesehen.

In der Hand hält er ein Päckchen.

„Ich bitte vielmals um Verzeihung. Ist das Ihr Auto, das ich da erwischt habe?"

„Allerdings", sagt Irmgard. „Aber immerhin haben Sie dieselbe Stelle getroffen wie Ihr Vorgänger damals."

„Ich werde natürlich für den Schaden aufkommen."

Irmgard winkt ab. Ihr fehlt die Kraft für solchen Zirkus. „Die Beule ist alt – und das Auto noch älter."

„Aber es muss doch seine Ordnung haben …", protestiert der Paketbote.

„Wenn hier jemand etwas in Ordnung bringen muss, dann bin ich das. Gott sei Dank, dass ich gesehen habe, wie Sie mein Auto angestoßen haben. Sie schickt der Himmel!“

Verwirrt blickt der junge Mann sie an. „Ich verstehe nicht …“

„Dieses Päckchen ist doch sicher für mich“, unterbricht Irmgard ihn. Sie hat den Absender gesehen.

„Oh. Ja.“ Er reicht es ihr. „Kommt ja gerade noch rechtzeitig zum Fest.“

„Ach, das ist nur der Christstollen von meiner Cousine aus Dresden. Den schickt sie jedes Jahr.“ Letztes Jahr hat Irmgard ihn noch mit Annemarie geteilt. Dieses Jahr hatte sie vor, ihn unberührt im Müll zu entsorgen. Doch nun weiß sie, was sie damit zu tun hat. „Ich wünsche Ihnen frohe Weihnachten, Herr … äh …“

„Mein Name ist Fuchs.“

„Herr Fuchs. Und machen Sie sich keine Gedanken wegen der kleinen Beule. Vielleicht haben Sie mir damit sogar das Weihnachtsfest gerettet.“

Sichtlich erleichtert, aber immer noch verwirrt, verabschiedet sich der Paketbote und braust davon.

„Ich habe auch niemanden von den Stadtwerken erreicht“, sagt Waltraud, als sie abends im trüben Schein einer Taschenlampe gemeinsam in Irmgards Wohnzimmer sitzen. Auf dem Tisch steht der Christstollen. Irmgard will gerade das Messer ansetzen, als die Batterien der Taschenlampe versagen. Nun sitzen sie im Dunkeln.

„Also wirklich!“, ruft Irmgard kopfschüttelnd.

„Hast du Kerzen?“, fragt Waltraud.

„Ja, aber frag mich mal nach einem Feuerzeug! Jetzt bereue ich es, dass ich überhaupt nicht für Weihnachten dekoriert habe. Sonst hätte ich wenigstens alles griffbereit. Was machen wir denn jetzt?“

Da hört sie Waltraud glucksen.

„Was bitte ist denn jetzt so komisch daran?“

„Och, ich wüsste schon, woher wir Licht bekommen könnten!“

„So? Und was schlägst du vor?“

„Mach doch mal den Rollladen hoch, Irmgard!“

Jörg Kailus

Wie die Mäuse Weihnachten entdeckten

Was für ein Fest es in diesem Jahr doch werden würde! Ein Weihnachtsfest – für die Mäuse, dabei wissen sie nicht einmal, was Weihnachten ist. Das heißt, ein paar von ihnen haben doch erfahren, worum es dabei geht, und das kam so: In einem kleinen Ort in den tief verschneiten Schweizer Alpen stand ein Haus, in dem neben den unvermeidlichen Menschen auch eine Mäusefamilie lebte. Und zwar in einem gemütlichen Mauseloch, gut versteckt hinter dem Wohnzimmerschrank. Alle Mäuse waren sehr vorsichtig, dass man sie nicht bemerkte, wenn sie des Nachts hervorkamen, um ein paar Brotkrumen oder ein Stückchen Käse für die nächste Mahlzeit zu stibitzen.

Nur eine Zeit im Jahr war anders als die anderen, und als die Mäuseenkel – vier an der Zahl – ihren Großvater fragten, welch wundersamer Lichtschein da durch einen Spalt bis vor ihr Mauseloch fiel, und welche wunderbaren Gerüche sich in der Stube ausbreiteten, da war auch er ratlos. Sie würden es selbst herausfinden müssen. Und so standen die kleinen Mäuschen an einem Abend ganz früh auf – denn Mäuse schlafen sonst, wenn die Menschen wach sind, und sind munter, wenn die Menschen schlafen gehen – und huschten aus dem Loch heraus und hinter dem großen Schrank hervor. Und dann blieben sie wie angewurzelt stehen. Die vier Geschwister schauten gebannt zu der Herrlichkeit empor, die sich ihren Blicken bot.

In der Stube stand ein Baum, aber kein dunkler, schneebedeckter Baum wie draußen im Wald, sondern ein glitzernder Tannenbaum, der über und über mit brennenden Kerzen bedeckt war, mit bunten, glänzenden Kugeln und silbernen Fäden, mit einem goldenen Stern an der Spitze und behängt mit Äpfeln und Zuckerwerk. Ehrfürchtig trippelten die Mäuschen näher, um im nächsten Moment erschrocken zusammenzufahren. Ein Fauchen ertönte von der Tür her, und dann bog ein großer grauer Kater um die Ecke. Oh weh, er hatte sie gesehen! Natürlich, um die Zeit war er ja noch wach. So schnell sie konnten, huschten die Mäuschen zurück hinter den Schrank, eine krallenbewehrte Pfote pfiff hinter der letzten Maus durch die Luft, und dann waren sie in Sicherheit. Hier war es zu eng für den Kater. Aber so sehr ihnen der Schreck auch in den Knochen saß, der Anblick des Baumes ließ die vier Mäusekinder noch viel weniger los. Und so verabredeten sie sich, am nächsten Abend wieder hinauszugehen, um mehr herauszufinden.

An diesem Tag konnten sie kaum schlafen, und als sie hinter ihrem Schrank hervorkamen – nicht, ohne zu prüfen, ob der Kater in der Nähe war –, schauten sie sich neugierig im ganzen Zimmer um. Der Baum stand noch immer da, wo sie ihn gestern gesehen hatten, nur dass die Kerzen diesmal noch nicht brannten. Dafür hatte man in der Mitte des Zimmers eine festliche Tafel aufgebaut. Heute stand wohl ein vorweihnachtlicher Besuch der Verwandtschaft bevor. Es war der Tag vor Heiligabend, aber das wussten die Mäuschen natürlich nicht. Dafür bemerkten ihre schnüffelnden Näschen sofort einen ganz hinreißenden Geruch von der Tafel her. Einen Augenblick später huschten die vier auch schon die Tischbeine empor und waren sich sicher, sie wären noch mitten in einem Traum. Da standen Teller und Schüsseln und Platten mit den erlesensten Speisen, in der Mitte thronte eine dampfende Suppenterrine mit einer großen Schöpfkelle, und am Ende des Tisches gab es eine Käseplatte mit mehr Käsesorten, als die Mäusekinder jemals für möglich gehalten hätten. Andächtig trippelten sie näher. Aber bevor sie ihre Nagezähnchen in einen herrlich duftenden Emmentaler schlagen konnten, schrillte eine laute Stimme von der Tür her: „Iiiih, eine Maus!“ Die Mutter der Familie war mit einer letzten Schüssel in den Händen in die Stube getreten und hatte einen der kleinen ungebetenen Gäste auf der Festtafel erblickt. Scheppernd fiel die Schüssel zu Boden. Einen Augenblick war die Mutter unschlüssig, ob sie auf einen Stuhl springen sollte – aber was nützt das schon, wenn die Maus bereits auf dem Tisch sitzt. Und so griff sie entschlossen zum Besen und stürmte auf die gedeckte Tafel zu. Klara, ihre kleine Tochter, kam hinter ihrer

Mutter in den Raum gelaufen und rief: „Aber das sind ja vier! Ach, sind die niedlich!"

Das fand die Mutter nun gar nicht. Der Besen sauste auf den Tisch hernieder und schleuderte die Käseplatte beiseite. Gerade noch rechtzeitig hatten die Mäusekinder Deckung hinter der Suppenterrine gefunden. Die Mutter holte zum zweiten Schlag aus. „Mama, nicht!", rief Klara. Die Mäuschen huschten die Tischbeine herab und mit fliegenden Füßen und klopfenden Herzen zurück hinter den Schrank. Der Besen aber traf mit voller Wucht die Terrine und ließ den Glanz der Festtagstafel in einem Meer von Scherben und Gemüsesuppe untergehen.

Aber auch der Mäusegroßvater und die Mäuseeltern hatten das Getöse gehört. Und so gern die Mäusekinder auch noch mehr über Weihnachten herausgefunden hätten, am Heiligabend ließ man sie nicht aus dem Mäusenest. Da halfen kein Bitten und kein Betteln. Bis tief in die Nacht mussten sie hinter dem Schrank bleiben. Sie hörten Stimmen und Musik und das Rascheln von Geschenkpapier, sie rochen das Weihnachtsessen und erhaschten einen Blick auf den Kerzenschein, der durch den Spalt bis vor ihr Mauseloch fiel. Aber heraus durften sie erst, als alles ganz dunkel und still war und alle im Haus schlafen gegangen waren. Auch der Kater, der heute so viel gefressen hatte, dass er bestenfalls noch im Traum Mäuse jagen konnte.

Diesmal kam die ganze Mäusefamilie in die Weihnachtsstube mit. Noch lag der Geruch der heruntergebrannten Kerzen in der Luft, als die Mäusekinder traurig um den Baum herumtrippelten. Würden sie nun niemals erfahren, was es mit diesem Fest der Menschen auf sich hatte? Da piepste eines der Mäuschen überrascht auf. In einer Nische am anderen Ende des großen Wohnzimmerschranks stand ein Teller mit Käse und allem, was eine Maus sich nur wünschen konnte, auf dem Boden. Die kleine Klara hatte ihn hier für die Mäuse hingestellt, ganz heimlich, damit ihre Eltern nichts merkten. Die Mäuse konnten es gar nicht fassen. Da hatten sie ihr Leben riskiert, um etwas vom Festtagsessen abzubekommen, und nun bekamen sie es geschenkt. Sie hatten gar nichts dafür getan. In den Herzen der Mäuse wurde die dunkle Nacht von einem feierlichen Licht erhellt. Sie verstanden erst gar nicht, warum. Da hob ein großes Piepsen und Schmausen an, bis der Mäusegroßvater merkte, dass sein kleinstes Enkelmäuschen fehlte.

Er fand es, wie es gedankenverloren vor der Weihnachtskrippe neben dem Tannenbaum saß. Hier war ein ärmlicher Stall dargestellt, mit kunstvoll geschnitzten Figuren von Maria und Joseph, den Hirten und den heiligen drei Königen. Sie schauten alle zur Mitte zur Krippe hin, in der das Jesuskind lag. Auf allen Gesichtern lag ein Friede und ein Entzücken, die nicht von dieser Welt sein konnten. Das Mäusekind murmelte: „Schau mal Opa, die sehen auch alle so aus, als hätten sie gerade ein Geschenk bekommen, und ich glaube, es hat etwas mit dem Kind in der Krippe zu tun.“ „Ja“, sagte der Mäusegroßvater, „irgendwie verstehe ich jetzt, was die Menschen heute feiern. Warum diese Nacht nicht finster sein kann. Und weißt du was: Wir können noch so viel tun und versuchen, aber das Wichtigste im Leben ist immer ein Geschenk."

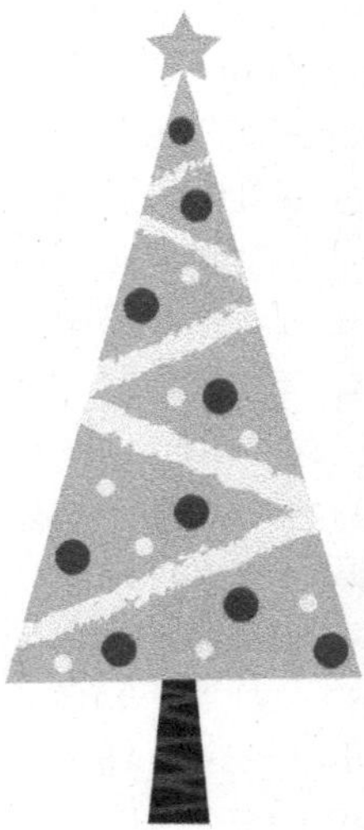

Amy J. Ritter

Der Auftrag

„*Was für ein Fest!*“, brummte der Wanderer in seinen Bart. Der Schnee knirschte unter seinen Schritten, klang gedämpft in der einsamen Stille. Einer Stille, in der das Geräusch seines angestrengten Atems viel zu laut erschien.

Er sog die dünne Höhenluft tief ein. Es war der Heilige Abend. Doch nichts war heilig an dem Schweiß, der ihm den Rücken hinunterlief. An dem farblosen Schnee, der seine Hose durchnässte. An der klirrend kalten Luft, die in seinen Lungen brannte. An dem Gewicht seines ledernen Rucksackes, der ihn nach hinten zog. Trotz der Schneeschuhe versanken seine Füße im frischen Pulverschnee, jede Bewegung wurde zu einem schieren Kraftakt. Und noch immer fielen neben ihm dicke Flocken zu Boden, die den Blick auf die umliegenden Gebirgsketten versagten.

‚Warum bin ich hier?‘, dachte er sich. Bekam keine Antwort – keine außer den drei Worten, die ihn aus seinem Haus getrieben hatten. Drei Worte, die ihn dazu gebracht hatten, sich in seinen klapprigen Kleinwagen zu setzen und durch den Nebel zu fahren. Drei Worte, die ihn davon abhielten, einfach umzudrehen und Heiligabend mit seinen Enkeln zu verbringen.

Geh zur Hütte.

Er hatte sie sofort gespürt. Eine innere Dringlichkeit, die ihn auch nun dazu brachte, weiter einen Fuß vor den nächsten zu setzen. Umgeben von der eigentümlichen Stille, die ihn sich einsam fühlen ließ und zugleich geborgen. Die ihn auf eine Antwort hoffen ließ auf seine Frage: ‚Warum bin ich hier?' Doch er hörte nur die drei Worte: *Geh zur Hütte.*

Er hatte sofort gewusst, welche Hütte gemeint war. Das alte Gebäude aus Holz befand sich seit Generationen im Besitz seiner Familie, war inzwischen nur noch bewohnt von Spinnen, Fliegen und anderem Ungeziefer. Es gab keinen Grund, zu dieser Hütte zu gehen, noch weniger Grund, es ausgerechnet jetzt zu tun, an Heiligabend. Keinen Grund, außer dem inneren Drängen, das mit jeder Minute dringlicher geworden war.

Er grummelte in seinen Bart und stapfte weiter, den Oberkörper leicht nach vorn gelehnt, um dem beißenden Wind möglichst wenig Angriffsfläche zu bieten, der das Schneegestöber inzwischen wie eiskalte Geschosse in sein Gesicht schleuderte.

Erleichtert erhöhte er seine Geschwindigkeit, als schließlich dunkle Schatten vor ihm auftauchten, die so vollkommen anders waren als die fröhlich beleuchteten Fenster aus seiner Erinnerung.

Auch sonst war die Hütte vollkommen anders als in seiner Erinnerung. Nur Kälte schlug ihm entgegen, als er die Tür öffnete. Das Innere roch ein wenig muffig statt nach Frischgebackenem wie früher. Der Stapel mit Feuerholz war deutlich geschrumpft. Und das fröhliche Lachen einer Familie war Schweigen gewichen.

Mit einem Seufzen trat er durch die Tür und gab sich der Einsamkeit geschlagen, zu der die drei Worte ihn verurteilt hatten. Immerhin hatte er Hoffnung. Die Ahnung, dass sein himmlischer Herr offensichtlich einen wichtigen Auftrag für ihn hatte, wenn er ihn an Weihnachten hierher gesandt hatte! Die gespannte Vorfreude würde ihn warm halten, bis er ein Feuer im Kamin entzündet hatte! Und vielleicht könnte er schon morgen früh wieder aufbrechen und nach Hause zurückkehren.

Mit vor Kälte steifen Fingern entzündete er ein Feuer, kochte Tee. Doch nichts passierte. Mit zitternden Gliedern legte er sich schlafen, erwachte am nächsten Morgen. Und nichts passierte. Voller Erwartung starrte er nach draußen, wartete, doch nichts passierte. Langeweile breitete sich aus in ihm, er begann Holz zu hacken, Krippenfiguren zu schnitzen, und nichts passierte. Enttäuscht packte er, brach auf und wurde aufgehalten von drei Worten: *Geh zur Hütte.*

Er kehrte um. Doch nichts passierte. Erneut legte er sich schlafen, stand auf, reparierte die Weihnachtsbeleuchtung, ordnete die Kissen gemütlich an und wärmte Decken am Kamin, ohne zu wissen wofür. Er beobachtete tropfende Eiszapfen und tauenden Schnee. Nichts passierte.

Als schließlich auch der zweite Weihnachtstag sich dem Ende neigte, packte er seinen Rucksack, zog die Schneeschuhe an und machte sich auf den Weg ins Tal.

Diesmal bremsten ihn keine Worte, das innere Drängen war verschwunden. Anscheinend hatte er etwas falsch verstanden.

‚Was für ein Fest!', dachte sie und lachte zynisch in ihren nassen Schal. Vielleicht lachte sie auch nicht. Ihre Lippen konnte sie vor Kälte nicht mehr spüren, ebenso ihre Zehen, ihre Finger und auch immer mehr ihre Verzweiflung. Der tauende Schnee hatte ihrer Reisegruppe einen Strich durch die Rechnung gemacht, das dann wiedereinsetzende Schneegestöber schließlich ihre Pläne vollkommen zerstört. Oder zumindest ihre Idee von einem schönen Weihnachtsfest und einer Tour in den Bergen.

Es musste Stunden her sein, dass sie ihre Gruppe verloren hatte! Stunden, in denen sie immer mehr die Orientierung verloren hatte. Und die Hoffnung. Vielleicht hatte sie diese aber auch schon viel früher zurückgelassen. Zu Hause, in ihrer kleinen Wohnung voll leerer Erinnerungen und ungelebter Träume.

Sie war müde. So müde, dass sie nicht wusste, wie ihre Füße überhaupt noch einen Schritt tun konnten! Und dann taten sie es nicht mehr. Sie stolperte, fiel in den Schnee, spürte kaum den Aufprall. Sie war erschöpft. Müde. So müde ...

Auf einmal tauchte vor ihr ein Licht im Nebel auf. Oder bildete sie es sich ein? Schatten verschmolzen, formten eine Gestalt. „Hallo?"

Ein Brummen drang ihr entgegen. Sie blinzelte. War nicht sicher, ob der bärenhafte Mann vor ihr Wirklichkeit war oder nicht. Buschige weiße Augenbrauen zogen sich über klaren Augen zusammen. Ein Vollbart war voll von Schnee und Eiskristallen. Worte verließen seinen Mund, die ihr Kopf nicht mehr verstand. Arme hoben sie aus dem Schnee, der sich an sie klammerte in seiner tödlichen Umarmung.

Nebel waberte durch ihre Gedanken und Kälte kroch durch ihre Knochen.

Und dann auf einmal umgab sie Wärme. Und Licht.

Sie blinzelte, hob den Blick. Sah vor sich ein freundliches, anscheinend uraltes Gesicht. „Wie …" Sie räusperte sich. „Wie haben Sie mich gefunden?"

„Nicht ich. Er." Der alte Mann nickte in Richtung der Decke. Sie sah sich um. Ein behagliches Feuer flackerte im Kamin. Warme Decken und Kissen umgaben sie. Auf einem Tisch stand eine geschnitzte Krippe und in den Fenstern spiegelten sich helle Lämpchen. Hier war offensichtlich Weihnachten. Aber da hing kein Er an der Decke.

Sie runzelte die Stirn. „Wer?"

Ein Lachen rumpelte durch den gemütlichen Raum. „Der Gott der Hoffnung."

Der Gott der Hoffnung sollte sie gefunden haben? Wo sie doch hoffnungslos war? Sie schüttelte den Kopf. Fragte: „Warum?"

Ein Lächeln hob die Mundwinkel des alten Mannes, erhellte die faltigen Gesichtszüge. „Weil er an Weihnachten selbst seine Hütte verlassen hat und in die Kälte gekommen ist, um nach uns zu suchen. Nach mir. Und nach dir."

Denn Weihnachten ist dort, wo die Hoffnung erwacht.

Ingeborg Reinhold
KLEINE
Weihnachts
wunder
BRUNNEN